Falta de ar

COLEÇÃO
polyphonia

Dados Internacionais de Catalogação na Publicação (CIP)
(Câmara Brasileira do Livro, SP, Brasil)

Skalova, Marina
Falta de ar / Marina Skalova ; [tradução Prisca Agustoni]. -- 1. ed. -- Belo Horizonte, MG : Ars et Vita, 2024.
Título original: Atemnot: soufle court.
ISBN 978-85-66122-20-6
1. Poesia brasileira I. Título.

24-221423 CDD-B869.1

Índices para catálogo sistemático:
1. Poesia : Literatura brasileira B869.1
Aline Graziele Benitez - Bibliotecária - CRB-1/3129

ISBN 978-85-66122-20-6
9 788566 122206

1ª Edição - **2024**

Marina Skalova

Falta de ar

Posfácio
Prisca Agustoni

Tradução do francês e do alemão
Prisca Agustoni

ARS et VITA

Introdução

Por Marina Skalova

Keine Sprache ist Muttersprache.

~

Écrire des poèmes, c'est déjà traduire.

~

Nenhuma língua é materna.
Escrever poemas já é traduzir.

M.Tsvetáieva

Concebi *Atemnot/Souffle court* como uma coletânea bilíngue em francês e em alemão. Essas duas línguas são minhas línguas de escrita, sem serem, no entanto, minhas línguas maternas. A escrita sempre foi ligada, para mim, a uma experiência do estranhamento, do entre-lugar. Nesse livro, a palavra nasce nos dois idiomas, se reflete no espelho sempre levemente deformado que o outro lhe mostra, realçando, dessa forma, a alteridade e a instabilidade de cada um deles. O uso da tradução me permite fazer ressoar as línguas entre si, introduzindo cada vez variantes mínimas sem, no entanto, se fixar de fato em nenhuma delas. A tradução revela as hesitações, as incertezas, mostra até que ponto os fundamentos de cada idioma são vacilantes. Nenhuma língua é suficiente para dizer realmente o que precisaria ser dito. Ainda mais quando são duas: algo se esvai, fica faltando.

FIGURES DU CORPS

figuras do corpo

la bouche avorte
avant de parler

aspire les mots
par grandes bouffées

leur germe non voulu
accidentel

~

der mund bricht
ab, bevor er spricht

zieht an den wörtern
atmet ihren keim ein

ihre unerwünschten
groben züge

~

a boca aborta
antes de falar

aspira as palavras
em grandes goles

seu germe indesejado
acidental

la langue tapissée
par le goudron du dehors

porte l'asphalte
dans son palais

~

die sprache eingehüllt
im teer von draussen

trägt den asphalt
in ihrem gaumen

~

a língua forrada
pelo betume lá fora

leva o asfalto
até o palato

le regard incise
par brèves entailles

l'aiguille sur la peau
perçante

inquisitrice
comme l'iris

~

der blick sticht
kleine skizzen

die nadel durch
dringt die haut

inquisitorisch
wie die iris

~

o olhar corta
por breves entalhes

a agulha sobre a pele
penetrante

inquisidora
como a íris

les ongles sentent
l'acétone

les peaux rougies
les doigts en caoutchouc

veines que tout replie
dessinent cartographies

~

nägel riechen
nach aceton

gerötete häute
die finger, elastisch

venen, von allem verbogen
zeichnen kartographien

~

as unhas cheiram
a acetona

a pele avermelhada
os dedos como cautchu

veias que tudo curva
desenham cartografias

la peau

morcelée
par caresses

s'étoile
en vagues écailles

~

die haut

zerteilt durch
zärtlichkeit

zerspringt
in vage schuppen

~

a pele

partida
por carícias

se estilhaça
em vagas escamas

l'hymen brûle

comme
des traces de javel

sur le sexe étranger

weggeätzt
hier soir

~

hymen brennt

ein gefühl
wie chlorspuren

im fernen geschlecht

weggeätzt
hier soir

~

o hímen arde

como
traços de alvejante

sobre o sexo estrangeiro

weggeätzt
ontem à noite

le corps assiégé
aussitôt, s'effrite

la peau se poussière
la chair s'émiette

et le souffle, frêle

~

der körper, belagert
bröselt umgehend

die haut zerstäubt
das fleisch bröckelt

und der atem, fröstelt

~

o corpo sitiado
desintegra-se em seguida

empoeira-se a pele
a carne esfarela

frágil a respiração

ce qui fait mal
entre mes jambes

roulements, tonnerre,
mâts brisés

je ne recueille
que l'écume

~

was schmerzt
zwischen meinen beinen

donner, geröll
zerbrochene mäste

mir bleibt
blosser schaum

~

o que dói
entre minhas pernas

detritos, trovoadas
mastros quebrados

só fico
com a espuma

NUIT(S)

noite(s)

c'est un grenier
comme dans l'enfance

où la peur tremble
aux fenêtres

où les absences se nouent
là où palpitent les plis

au creux de mon pouls

~

ein dachboden
wie in der kindheit

die angst flackert
am fenster

abwesenheit
schlingt knoten

am rande des pulses

~

é um sótão
como na infância

lá onde o medo cintila
às janelas

onde as ausências se ligam
onde vibram as dobras

na cavidade de meu pulso

la langue se fend
comme une bûche

le corps est une hache
qui s'abat dans l'ombre

~

die sprache spaltet sich
wie ein holzscheit

der körper, eine axt
die im schatten fällt

~

a língua racha
como um tronco

o corpo é um machado
que cai na sombra

une fissure

les vers creusent
dans les brèches

leur étrange sillon

~

ein riss

die verse graben
in den lücken

ihre seltsame spur

~

uma fenda

os versos cavam
nas brechas

seu rastro estranho

un à un
les mots s'engouffrent

sèment leurs œufs
leurs filaments

~

langsam
drängen die wörter hinein

verstreuen ihre eier
ihre fasern

~

aos poucos
infiltram-se as palavras

botam seus ovos
seus filamentos

les mots émergent flous
de leur sommeil de glaise

les rêves se froissent
chiffonnés dans un coin

au lever de la nuit

~

worte erwachen verschwommen
aus lehmigem schlaf

träume schrumpeln
zusammengeknüllt

am morgen der nacht

~

as palavras emergem embaçadas
do seu sono argiloso

os sonhos se amassam
amarrotados num canto

ao nascer da noite

la nuit
ou du moins ce qui en est resté

juste l'empreinte
d'une courbe

dans des draps
pas à moi

~

die nacht
oder was davon übrigblieb

nur der abdruck
einer wölbung

auf fremden laken

~

a noite
ou o que dela sobrou

só a marca
de uma dobra

em lençóis
alheios

encore ce jour
déplier les silences

séparer
ce que l'on ne peut pas dire

de ce qui doit rester tu

~

auch an diesem tag
die stille entwirren

unterscheiden
was du nicht sagen darfst

und was du schweigen musst

~

novamente esse dia
abrir os silêncios

separar
o que não pode ser dito

do que precisa ficar calado

c’est une nuit d’effroi
où l’on boucle les bagages

se tait en attendant
de déplacer la langue

au seuil des portes closes

~

es ist nacht
die koffer sind gepackt

schweigend darauf warten
die sprache zu verrücken

vor geschlossene türen

~

é noite
as malas estão prontas

esperando em silêncio
para mover a língua

no limiar de portas fechadas

rien
que mes traces de pas
sur la neige profonde

là où sombrent
les gorges

où la voix enrouée cesse
de vouloir crier

~

nichts
als meine fußspuren
im tiefen schnee

da wo der schlund
versinkt

und die stimme, heiser
nicht mehr schreien will

~

nada
a não ser minhas pegadas
na neve profunda

lá onde a ravina
afunda

onde a voz, rouca
não quer mais gritar

ce qui restera

la terre, le ruisseau
les murs de bois

le blanc entre les mots

~

was bleibt

der bach, die erde
die hölzernen wände

das weiss, zwischen den worten

~

o que resta

a terra, o riacho
as paredes de madeira

o branco entre as palavras

CE(UX) QU'ON FOULE AUX PIEDS

o(s) esmagado(s)

entre les êtres,
l'air est vicié

les souvenirs pèsent
des livres de passé

~

die luft ist verdorben
zwischen den wesen

erinnerungen wiegen
wie bücher aus blei

~

entre os seres
o ar está viciado

as lembranças pesam
como livros de chumbo

on se heurte, les uns
aux autres

le corps des uns, le corps
des autres

~

man stösst an
einander

die körper der einen, die körper
der anderen

~

esbarramos
uns nos outros

o corpo de um
no corpo do outro

quand on entre, quand on sort
de la pièce

les souvenirs claquent
comme des gifles

~

in dem zimmer geht man
und aus

die wörter knallen
ohrfeigenlaut

~

ao entrar, ao sair
do quarto

as palavras estalam
como tapas

on halète ahane
han han
on jouit

on s'enlace
on s'essuie

~

man hechelt ächzt
ach ach
stöhnen kommen

man umarmt sich
man wischt sich ab

~

ofegamos gememos
aaii aaii
gozamos

nos abraçamos
nos limpamos

son ventre enfle
jusqu'à n'en plus pouvoir

peut-être la vie
peut-être la mort

~

ihr bauch schwillt an
bis zum geht-nicht-mehr

vielleicht das leben
vielleicht der tod

~

seu ventre infla
até não aguentar mais

talvez a vida
talvez a morte

les mois gouttent
sur les fenêtres

croix rouges
sur les calendriers

la rosée aussi bleue
que les premiers gyrophares

~

monate tropfen
von den fenstern

auf den kalendern
rote kreuze

das tau so blau
wie sirenenlicht

~

os meses pingam
nas janelas

cruzes vermelhas
nos calendários

o orvalho tão azul
quanto as primeiras sirenes

les chiffons plein d'acide
grattent les jours sur les vitres
chassent les cheveux dans l'évier

les doigts s'épluchent
on y laisse donc sa peau

~

lappen voller säure
kratzen die tage von den fenstern
jagen die haare in den abfluss

die finger häuten sich
das leben bleibt also
hier hängen

~

os trapos cheios de ácido
riscam os dias nas janelas
perseguem os fios de cabelo na pia

os dedos descascam
deixamos nossa pele aí

les mains sont sales

les mots ne sauvent
pas les choses

~

die hände sind schmutzig

die ordnung der dinge
retten die worte nicht

~

as mãos estão sujas

as palavras não salvam
a ordem das coisas

le temps se gondole
comme ces cartons mouillés

où l'on range nos vies
les plie et les déplie

~

die zeit, labberig
wie nasse kartons

wo wir unsere leben falten
und entfalten

~

o tempo empena
como essas caixas úmidas

onde dobramos nossas vidas
e as desdobramos

les mots cachent la misère
sous leur tapis de syllabes

la poussière sous le lit
fait pelucher l'abcès

l'absence n'est
que pelotes grises

~

worte kaschieren das übel
unter ihrem silbenteppich

der staub unterm bett
macht die wurzeln fusselig

abwesenheit ist nichts
als graues geknäuel

~

as palavras escondem a miséria
sob seu tapete de sílabas

a poeira debaixo da cama
felpa as raízes

a ausência é apenas
esses novelos cinzentos

craindre la mort
à chaque inspiration

la peur qu'elle s'intercale
comme un verrou

~

bei jedem atemzug
die angst

der tod könne sich
wie ein riegel
dazwischen schieben

~

temer a morte
a cada inspiração

o medo que ela se enfie
no meio
como uma trava

les escaliers grincent
leurs pas lourds, feutrés
piétinent le silence

~

treppen knarren
schweren, filzigen schrittes
zertrampeln sie die stille

~

os degraus rangem
seus passos pesados, abafados
pisoteam o silêncio

sur le parquet
leurs gênes grossissent
comme des tumeurs

~

auf dem parkett
wächst die enge
wie ein tumor

~

no parquet
cresce o aperto
como um tumor

un pied après l'autre

ils poseront le corps
sous la pierre

et mettront la clé
sous la porte

~

einen fuß nach dem anderen

legen sie den körper
unter den stein

und machen sich
aus dem staub

~

um pé após o outro

eles colocarão o corpo
sob a pedra

e a chave
sob a porta

TERRITORIEN

territórios

Le sol te fera trébucher

~

O chão te fará tropeçar

Jean Genet

c'est l'automne

les cils tombent des paupières
la sève coule du regard

gangrène dans les racines

~

es ist herbst

die wimpern fallen von den lidern
das harz fliesst aus dem blick

in den wurzeln, brand

~

é o outono

os cílios caem das pálpebras
a seiva escorre do olhar

apodrece às raízes

à l'envers du poignet
les veines tracent leurs rameaux

dans les feuilles d'automne
je vois la carte d'un territoire

où aucun sang ne coule

~

im inneren handgelenk
zeichnen venen ihre zweige

im herbstlaub erkenne ich
die karte eines territoriums

wo keinerlei blut fliesst

~

no avesso do pulso
as veias traçam seus ramos

nas folhas de outono
vejo o mapa de um território

onde sangue nenhum escorre

les feuilles grésillent, rouge bordeaux

la rouille: saillante, florissante

nous ne sommes rien que des tuyaux
du métal qui se morcelle, si ça existe

~

blätter rascheln bordeauxrot
hüllen die welt in blühenden rost

wir sind nur rohre, denke ich
sich zerkrümelndes metall,
wenn es so etwas gibt

~

as folhas crepitam em vermelho-bordô
envolvem o mundo numa ferrugem crescente

somos apenas tubos, penso
metal em ruína,

se é que isso existe

la rouille se dessèche
se couvre de croûtes

un cratère

autour de la bouche
des lamelles se détachent

~

der rost trocknet aus
verkrustet

ein krater

um die lippen herum
lösen sich lamellen

~

a ferrugem seca
cobre-se de crostas

uma cratera

ao redor da boca
soltam-se as lamelas

à la charnière
des fleuves, des lignes, des noms

branches, troncs, branches
troncs, branches, troncs

juste un chemin de crois
à franchir

~

am übergang
von flüssen, linien, namen

stämme, äste, stämme
äste, stämme, äste

bloss einen letzten holzweg
passieren

~

no cruzamento
dos rios, das linhas, dos nomes

galhos, troncos, galhos
troncos, galhos, troncos

apenas uma via crucis
para atravessar

l’écorce se craquelle

le torse résiste,
fait tronc

tapis de ronces
ou gilet pare-balles

ce que l’on sauve

~

die rinde wird rissig

der stamm sträubt sich,
streckt die brust

stachelteppich
oder kugelsichere weste

was man so rettet

~

a casca racha

o torso resiste
feito tronco

tapete de espinhos
ou colete à prova de balas

o que salvamos

le feu traque
cellules, détraque tissus

transperce la trachée

fait crépiter la tête
jusqu'au point de suture

~

das feuer hetzt
die zellen

zerfetzt die stoffe

zerknistert die nähte
bis zur nächsten grenze

~

o fogo persegue
as células, carcome os tecidos

perfura a traqueia

faz a cabeça estalar
até o ponto de sutura

au milieu de son dos
les barbelés ont gravé une porte

il suffit de couper les fils
de soulever la peau, laissée
entrebâillée

pour entrer dedans

~

inmitten seines rückens
ritzte das gitter eine tür ein

es reicht, die fäden abzuschneiden
die angelehnte haut hochzuheben

um ihn zu betreten

~

no meio das costas
a grade esculpiu uma porta

basta cortar os fios
levantar a pele
entreaberta

para ir entrando

du crâne à la ligne
des fesses

seul le tracé
vertical

d'une cicatrice
vertébrale

~

vom nacken bis zum umriss
des hinterns

einzig die wankende
linie

einer wirbelnarbe

~

do crânio à linha
das nádegas

só o traçado
vertical

de uma cicatriz
vertebral

le givre couvre
les colonnes

un champ miné
entre les hanches

~

die schenkel
von frost bedeckt

minenfeld
zwischen den säulen

~

a geada cobre
as colunas

um campo minado
entre as ancas

sur les cartes, il ne reste
que traces de pas

foulant toujours le même sol
avec parfois plus qu'
une
seule chaussure

~

auf den karten bleiben
nur noch fußspuren

streifen immer denselben boden
mit manchmal bloss
einem
schuh

~

nas cartas
restam apenas
pegadas

pisando sempre o mesmo chão
com algumas vezes
apenas um sapato

Posfácio

Prisca Agustoni

A escritora, tradutora e professora franco-russa Luba Jurgenson descreve, no seu belíssimo ensaio *Au lieu du péril* (Verdier, 2014), as ambiguidades envolvidas no processo de escrita de sujeitos bilíngues. Ao longo do ensaio, ela se interroga sobre os sinais dessa experiência física vivenciada pelas escritoras e pelos escritores que "vivem numa língua diferente da língua materna". Para ela, essa dupla vivência não significa em absoluto um abandono ou uma perda, mas, ao contrário, um lugar intersticial habitável, uma "acomodação mútua" entre a língua - que se serve de nós para viver e evoluir, modificando-nos - e nós mesmos, falantes, que a usamos e a modificamos.

A autora acrescenta que "num mundo onde a metade do planeta está na estrada, procurando um paradeiro, e a outra metade está desesperadamente ocupada em erguer barreiras, esboçar uma física do bilinguismo me parece uma recomendação quase médica". A ironia contida nessa citação aponta para a urgência de desmontarmos a ideia de uma língua como propriedade privada ou como elemento de identidade única, indissoluvelmente ligada à noção de "pátria", já que, como ela bem lembra, "toda palavra é uma *res publica* pertencente a todos". A migração, individual ou coletiva, é um dos aspectos, portanto, subjacentes ao processo de escrita bilíngue ou, ainda, de quem adota outra língua como instrumento de escrita: uma migração que é física, social, geográfica e também simbólica e linguística.

Essa observação parece servir como uma luva para nos aproximarmos do perfil biobibliográfico poliêdrico de Marina Skalova, jovem escritora e tradutora de origem russa, cuja obra se desenvolve desde sempre em dois idiomas, o francês e o alemão, idiomas que, como ela própria explica na breve introdução, não foram sua primeira língua, mas idiomas que ela aprendeu durante a infância.

Vale observar que além desse elemento plurilíngue, ela opera na escrita a experimentação de distintos gêneros, passando do teatro à tradução de inúmeras poetas russas, do *récit* (narrativa breve) ao projeto coletivo de escrita a partir da experiência de laboratórios poéticos realizados com refugiados políticos na Suíça, experiência que deu origem ao livro *Silences d'exils* (Lausanne, Editions d'En Bas, 2020), junto com a fotógrafa Nadège Abadie. O olhar preocupado com a realidade contemporânea, atravessada por novas e antigas guerras e dominada, em algumas regiões do mundo, por eternos ditadores, capta o mal-estar de uma época angustiada e incapaz de responder à altura ao constante fluxo migratório dos que fogem, à procura de outras terras e línguas por habitar.

Nesse sentido, o que foi afirmado por Jurgenson parece se amplificar, ainda mais, no caso de Skalova, pois em seu livro de estreia, *Atemnot/Souffle court* – que aqui apresentamos ao público de língua portuguesa – a autora não se limita apenas a um exercício ou uma experimentação bilíngue, mas exerce uma prática de escrita radical, no sentido que se desdobra em várias, para além de si: de fato, a poeta "sai de si", sai da própria casa, a língua materna, e nos apresenta duas versões não idênticas de cada poema que compõe a obra, sendo que nenhuma versão corresponde ao sopro apaziguado da língua-casulo, aquele lugar totalmente confortável da casa onde, de acordo com Jurgenson, podemos ficar de porta fechada e onde a língua materna representaria esse cômodo para onde voltamos como "arqueólogos de nós mesmos".

No livro de Skalova a hesitação, esse pequeno deslizar entre duas margens movediças, nos joga, leitores e tradutora, para outro lugar, o do não retorno possível à língua materna, à língua-origem, à língua-total: o que está em causa ali é outra coisa, isto é, a tentativa de captar o indizível, anterior à configuração possível de uma noção de "língua mãe".

Se em seu ensaio Jurgenson insiste no aspecto físico, corporal do processo bilingue, na poesia de Skalova o corpo se torna protagonista, sendo o receptáculo principal dessa hesitação, dessa falta de ar, desse tropeçar, desse esbarrar constante dos sons e dos sentidos uns nos outros. Ao interagirem na mesma página, numa espécie de jogo de espelhos, os poemas em francês e os poemas em alemão criam dois universos sonoros e semânticos autônomos (podemos ler o livro inteiro só numa língua), no entanto, geram também uma dissonância quando lidos nas duas línguas, o que multiplica as ambiguidades inscritas em sua poesia. Uma língua não é, de fato, espelho da outra, e ao redor das imagens criadas por Skalova existe uma cintilância, o perímetro em evidência, o rastro da presença de uma alteridade.

A poesia de Skalova é fortemente ligada ao corpo e aos movimentos quase imperceptíveis que o atravessam: seus desejos, seus medos, suas projeções. O corpo se torna um território a ser percorrido, habitado, ferido, possuído, atravessado, assim como a(s) língua(s) da qual ela se apodera, línguas como próteses de um corpo-sentido sempre vacilante, jamais perfeito e definitivo. Os poemas, curtos e cortantes, são também breves sopros de ar que, juntando-se, formam esse corpo em constante construção e deconstrução.

Outro aspecto interessante que Jurgenson destaca ao longo do ensaio é que um sujeito bilíngue não pode ser visto por inteiro pelos outros, pois há sempre um corpo "astral", à espreita, pronto a voltar para o esconderijo, enquanto o outro se apresenta publicamente, no palco da vida. Essa observação é interessante se pensamos na estrutura do livro de Skalova: duas versões semelhantes, porém, não idênticas criam um corpo-a-corpo no corpo do livro, duas vozes num único livro, duas vozes numa única voz poética que provoca, justamente, um coro às vezes estridente, gestando a sensação de sufoco, de tropeço, de falta de ar.

O livro – em geral, e o de Skalova, em particular – é, então, esse lugar onde nada é definitivo, resolvido. Algo sempre escapa e nos joga para a instabilidade, para a "zona de perigo" (e voltamos ao título de Luba Jurgenson). Por outro lado, esse pisar em território movediço contagia quem, como eu, se aproxima de sua obra. Eu a conheci primeiramente como leitora, em 2018, quando Marina e eu convivemos por alguns meses partilhando o palco de leitura durante diversos festivais literários suíços, e agora, para minha profunda alegria, como sua tradutora em português.

A hesitação da qual fala Skalova na introdução, referente à (auto)tradução, se tornou a minha também, no tocante ao processo tradutório: como traduzir poemas cuja versão de partida se dá contemporaneamente em duas línguas (que domino bem, embora o francês seja mais íntimo) e cujas versões são diferentes? Qual versão de partida escolher, em caso de divergência entre os poemas, e a partir de quais critérios?

Embora seja extremamente interessante refletir sobre esse processo tradutório que parte de duas versões diferentes e de dois idiomas distintos, não cabe aqui um longo texto explicando cada escolha, mas vale pelo menos assinalar o fato de que cada poema traduzido provocou em mim profunda desconfiança: lia as duas versões em voz alta, primeiro em francês, depois em alemão, e quando não havia diferenças de sentido nas versões originais, os sons dos dois idiomas me ajudavam a privilegiar deteminada palavra em português. Ou a embaralhar mais um pouco as cartas.

Porém, quando as versões diferiam, total ou parcialmente, me vi na situação de fazer uma escolha. E essa escolha varia ao longo do livro: às vezes optei pelo desenho original francês, outras vezes, pelo alemão, em função de uma maior ou menor concretude ou capacidade evocativa de cada poema na tradução em português: durante a leitura do livro, percebi que a versão orginal em alemão traz imagens mais concretas, mais definidas, em oposição à versão francesa que tende a permanecer mais ambígua e mais vaga. Em alguns momentos optei por ancorar os poemas em um chão mais definido, seguindo o rastro do alemão; outras vezes, a versão mais fluida francesa me pareceu abrir e potencializar os versos.

Em alguns casos, mais raros, misturei elementos das duas versões originais para criar uma terceira trilha poética, confiante de que esse caminho se alinha ao procedimento criativo de Marina Skalova. De qualquer forma, em todos os momentos privilegiei o estranhamento (que é um elemento central nesse livro) como dispositivo disruptivo e potente em poemas tão enxutos e evocativos. Quase sempre me senti caminhando pela zona de perigo da qual tanto Skalova quanto Jurgenson falam, e achei por bem mergulhar nela sem medo: afinal, a experiência da criação – e da tradução, que é outra maneira de chamar a criação – se faz plena e tem sentido somente se é radical e transformadora, revelando-nos o nosso outro rosto escondido: outro, parecido conosco, e com os outros.

Nascida em Moscou em 1988, Marina Skalova é uma autora multilíngue. Escreve poesia, teatro e OVNIs que exploram os buracos negros entre os gêneros literários.

Como autora, publicou pela primeira vez a coleção bilíngue *Atemnot / Souffle court* (Cheyne, 2016 e Héros-Limite, 2023), vencedora do Prix de la Vocation en Poésie. Em seguida, publicou o ensaio poético *Exploration du flux* (Seuil, Fiction & Cie, 2018) e o livro híbrido *Silences d'exils* (éditions d'en bas, 2020), baseado em oficinas de escrita com pessoas exiladas, em colaboração com a fotógrafa Nadège Abadie.

Escrita em residência no Théâtre POCHE/GVE, em 2019, sua peça *A queda dos cometas e dos cosmonautas* (L'Arche éditeur, 2019), foi encenada na Alemanha e na Suíça e teve leituras encenadas na França, Ucrânia, Áustria e Itália.

Seu texto *Intiment (3ª pessoa do plural)* aparece simultaneamente como texto poético na França (Éditions des Lisières, 2024) e como texto teatral na Alemanha sob o título *Erinnerst du die Sätze* (Anthologie Scène, Institut Français Berlin, 2024). Seu próximo livro, *le corps cille*, um livro de poesia multilíngue, será publicado em 2025 pela editora Héros-Limite.

Marina Skalova participa regularmente de festivais literários na França, Alemanha, Suíça, Itália, Ucrânia e Rússia. Realizou residências literárias na Fundação Jan Michalski, Literarisches Colloquium (Berlim), La Marelle (Marselha) e La Chartreuse (Avignon). Em 2022-2023, foi vencedora da residência Escrever a Europa da Universidade de Estrasburgo, ao lado da escritora ucraniana Neda Nejdana.

Tradutora do russo e do alemão, Marina Skalova traduziu a poesia de diversas autoras que escrevem em russo, tais como Galina Rymbu, Lida Iussúpova, Maria Stepânova e Zhenia Berkovitch, romances e teatro contemporâneo.

Publicado com o apoio da

fundação suíça para a cultura
prohelvetia

Editora Ars et Vita

Ars et Vita Ltda.

Avenida Contorno, 7041/101 | Lourdes | CEP: 30.110-043

Belo Horizonte – MG - Brasil

www.arsetvita.com

Título:

Falta de ar

Título original:

Atemnot - Souffle court

Publicado através da Swiss Books Agency (www.swissbooksagency.ch)

Revisão

Luiz Gustavo Carvalho

Capa, projeto gráfico e editoração eletrônica

Marcello Kawase

1ª edição – 2024

ARS et VITA

COLEÇÃO polyphonia

Impressão: Midiograf Gráfica e Editora Ltda.

Tiragem: 1.000 exemplares

Tipografia: Minion Pro

Papel: PólenBold 90 g/m2